Pour Léon et Vadim, deux petits garçons nés au cœur de l'hiver, et qui chaque jour nous montrent le Nord.
Anouk Filippini

Léo le phoque
au secours de son ami

Texte de Anouk Filippini
Illustrations de Romain Mennetrier

AUZOU

Dans le Grand Nord, le printemps est enfin arrivé.
Un pâle soleil réchauffe la banquise.

En classe, Léo le jeune phoque a du mal à se concentrer.
Il rêve de sortir et d'aller nager dans la mer avec ses amis.

Juliette la mouette et Violette la chouette aussi sont dispersées !
Elles n'arrêtent pas de papoter. M. Romain, le pingouin, est très agacé.

Mais voici un nouvel élève ! C'est Arsène, un petit renne.
— Va t'asseoir à côté de Léo, dit M. Romain.

À la récré, Léo partage son goûter avec Arsène.
— Tu habites où ?

Les yeux d'Arsène se remplissent de larmes
quand il raconte son histoire...

Il n'aurait jamais dû s'éloigner de son troupeau pour aller
flâner sur la glace… Un bloc s'est détaché et il a dérivé loin,
si loin de chez lui.

Sur la banquise, les habitants se réunissent pour chercher une solution.
— Il faut retrouver sa famille, dit le papa de Léo qui est aussi le maire du village.

— Fanny, l'ourse blanche, connaît les courants marins et tous les troupeaux de rennes de l'autre côté du détroit... dit M. Romain. Mais elle n'est pas encore sortie de son sommeil d'hiver.

Léo supplie sa maman de laisser Arsène vivre avec eux.
Mais elle lui explique que c'est impossible. Un petit renne
ne peut pas vivre dans l'eau avec des phoques !

Pour ce soir seulement, ils ont le droit de dormir ensemble sous les étoiles.

Le lendemain, c'est mercredi. Léo fait visiter sa banquise à Arsène.
Ils passent devant la tanière de Fanny, qui dort toujours.

— Dès qu'elle se réveillera, elle t'aidera à rentrer chez toi, dit Léo.
En attendant, viens, on va trouver quelqu'un pour t'héberger !
Commençons par Juliette et Violette.

Juliette la mouette et Violette la chouette sont en train de faire leurs devoirs. Elles préparent un exposé sur la toundra, la plaine herbeuse des régions polaires. Elles aimeraient bien aider Arsène, mais il ne peut pas venir vivre avec elles dans leurs nids !

— Je sais ! s'exclame Léo. Antoine le loup blanc vit en meute, et une meute, c'est un peu comme ton troupeau. Je suis sûr que sa famille pourra t'accueillir, Arsène.

— Ce n'est pas une bonne idée, dit Antoine. Dans ma meute, certains n'aiment pas trop les rennes...

Arsène ne peut pas vivre dans l'eau avec les licornes des mers...
Il ne peut vivre ni au large avec les baleines à bosse, ni dans le ciel
avec les goélands...

Léo, Arsène et Antoine, découragés, attendent devant chez Fanny.
Il faut vraiment qu'elle se réveille !

— J'ai une idée ! dit Léo. Juliette et Violette ont plein de livres sur la région. Venez, on va se débrouiller sans Fanny !

Ensemble, les enfants étudient les cartes. Ils font raconter à Arsène tout ce qu'il a vu en chemin.

— Si je ne me trompe pas… dit Juliette,
tu dois venir… de là !

À la tombée du jour, le village s'est rassemblé pour dire au revoir à Arsène.
— Attention à ne pas glisser !

Installé sur un iceberg, le petit renne s'apprête à rentrer chez lui.

Toute la nuit, Léo, relayé par son papa, pousse le bloc de glace.
Dans le ciel éclairé par une aurore boréale, Juliette ouvre la voie.

À l'aube, ils arrivent enfin sur l'autre rive, là où commence la toundra. Prévenus par Violette, les parents d'Arsène l'attendent avec impatience.

— À bientôt ! dit Arsène... Maintenant, je connais le chemin,
je reviendrai vous voir !

Responsable éditoriale : Maya Saenz-Arnaud
Éditrice : Estelle Mialon
Assistante éditoriale : Emeline Trembleau
Responsable studio graphique : Alice Nominé
Mise en pages : Eloïse Jensen
Responsable fabrication : Jean-Christophe Collett
Fabrication : Virginie Champeaud
Relecture : Catherine Rigal

www.auzou.fr

Mes p'tits albums

Roucoule est amoureuse

Renard et les trois œufs

Octave ne veut pas grandir

Moustache ne se laisse pas faire

Le loup qui voulait changer de couleur

Petite taupe ouvre-moi ta porte

Zafo le petit pirate !

La chauve-souris l'école

Berlingot est un superhéros

Rosetta n'est pas cracra !

Croquette devient grand frère

Armande la vache qui n'aimait pas ses taches !

Crocky le crocodile a mal aux dents

Robin, le petit écureuil des bois

Le loup qui s'aimait beaucoup trop

La petite souris et la dent

Sa majesté Léonardo n'en fait qu'à sa tête

Petit panda cherche un ami

Séraphin, le prince des dauphins

Martin le pingouin a un nouveau voisin

L'ourson a peur du noir

Le loup qui cherchait

Ferdinand le Papi Goéland

Petit Castor reçoit un drôle de cadeau !

Le loup qui ne voulait plus marcher

Manolo le blaireau se prépare pour l'hiver

Renato aide le Père Noël

Le loup qui voulait faire le tour du monde

Le loup qui voulait être un artiste

Camille veut une nouvelle famille

Chouquette et les Secrets Magiques

Clotilde part en colonie de vacances

Cédric veut être fils unique !

Le loup qui voyageait dans le temps

Pipo raconte n'importe quoi !

Le loup qui fêtait son anniversaire

Sami le ouistiti, prince d'Amazonie

La famille Suricate déménage

Le loup qui découvrait le pays des contes

Clotilde aide sa nouvelle amie

Chouquette est dans la lune

Berlingot n'a peur de rien !

Moustache le roi des bêtises

Jules veut soigner son ami

Azuro le dragon bleu

Babou a un talent fou !

Léon le raton part découvrir le monde

Une surprise pour Petite taupe

Azuro sur la piste de Jippy

Hector et la chasse au trésor

Kiss le serpent s'ennuie tout le temps

Vladimir ne veut pas dormir

Simon le raton a une nouvelle maison

Ali Gatore se prend pour le roi

Azuro et la sorcière

Augustin et la course aux œufs de Pâques

La grosse colère d'Esther

Léonard est un drôle de canard

Simon et la drôle d'invention

Un mensonge de trop pour Moustache

Simon est tête en l'air